DISCOURS
SUR CETTE QUESTION
PROPOSÉE, EN 1817,
PAR L'ACADÉMIE DE LYON,

« *Des moyens à employer, après une longue » révolution, pour confondre tous les sentimens dans l'amour de la Patrie et du » Roi.* »

Par MAXIMILIEN GRESSIER, Officier dans la Légion du Pas-de-Calais.

> Ultimaque rabies,
> Secessio à suis.
>
> Liv.

SE VEND

A METZ, chez M.me VERRONNAIS, Imprimeur-Libraire, place de l'Hôtel-de-ville.

A PARIS, chez MM. MAGIMEL et COMPAGNIE, Libraires, rue Dauphine, N.° 9.

1819.

PRÉFACE.

Il y a un an environ que j'envoyai cet opuscule aux académies de Lyon et de Dijon, qui avaient donné pour sujet de prix la question que je traite. Je ne m'attendais point à vaincre; mais quelquefois une défaite n'est pas sans gloire. D'ailleurs, je crus ne pouvoir mieux employer les loisirs de ma non-activité qu'à proférer des paroles de paix et de concorde. Je concourus donc. J'ignore pour quel motif ces académies ne décernèrent pas le prix qu'elles avaient annoncé; je n'en ai pas entendu parler depuis cette époque.

Je n'ai point la vaine prétention de me ranger parmi les publicistes; je ne veux que participer, autant qu'il est en mon pouvoir, à la réunion de tous les esprits, à l'oubli de toutes les discordes. Ah! que n'a-t-il été donné à ma voix d'être plus éloquente et plus persuasive? Je ne cesserais de la faire entendre. Et si, pour fruit de mes soins, je voyais deux familles *oublier et s'unir*, je croirais avoir gagné le plus beau laurier.

DISCOURS
SUR CETTE QUESTION
PROPOSÉE, EN 1817, PAR L'ACADÉMIE DE LYON,

« *Des moyens à employer, après une longue*
» *révolution, pour confondre tous les sen-*
» *timens dans l'amour de la Patrie et du*
» *Roi.* »

> Ultimaque rabies,
> Secessio à suis.
> Liv.

PRESQU'EFFRAYÉ de la hauteur et de l'importance d'un sujet vraiment national, j'ai long-temps balancé, Messieurs, entre ma faiblesse et mes désirs. Mais une voix s'est fait entendre au fond de mon cœur : « Sois tout à ta patrie. » Je n'ai point repoussé cette voix ; elle seule m'a conduit dans une route épineuse, où les périls sont fréquens et le succès douteux.

Je ne viens point, Messieurs, disputer un prix qu'emporteront sans doute de plus habiles jouteurs. Satisfait du rang où je me place, je ne demande point de couronne ; ma récompense la plus belle sera l'estime de mes concitoyens.

Elle fut grande la pensée qui inspira cette question : « Quels sont les moyens à employer, après » une longue révolution, pour confondre tous les » sentimens dans l'amour de la Patrie et du Roi? » Hommes sages qui devez être mes juges, grâces vous soient rendues : vous avez bien mérité de la Patrie. Puissiez-vous, pour prix de vos généreux efforts, voir bientôt la paix et l'union parmi vos concitoyens !

Un écrivain célèbre l'a dit : (*) « Les peuples sont » à la longue ce que le gouvernement les fait être, » guerriers, citoyens, hommes quand il le veut. » Tel est, en effet, le pouvoir de tous les gouvernemens. Nous sommes presque toujours ce qu'il leur plaît, ou ce qu'il est de leur intérêt que nous soyons. On pourrait, ce me semble, comparer les peuples à une balle de cire qui cède à toutes les impressions. Rien de plus naturel : on est porté à imiter ceux que l'on estime, que l'on aime ou même que l'on craint. C'est une espèce d'adulation tacite qui ménage l'amour-propre et sauve la pudeur. C'est l'expression la moins douteuse de la reconnaissance. Par une conséquence immédiate de ce principe, les peuples seront citoyens par imitation (qu'on me pardonne cette expression), si les lois garantissent à chaque individu les droits imprescriptibles qu'il tient de la nature ; si ceux qu'ils ont chargés de conserver ces lois sont aussi justes qu'elles. La forme de

(*) Jean-Jacques.

gouvernement est donc un des moyens propres à confondre tous les sentimens dans l'amour de la Patrie et du Roi.

Il m'est doux de n'avoir à considérer, dans la constitution qui régit actuellement la France, qu'un monument de sagesse et de longues méditations.

L'égalité devant la loi, l'abolition des priviléges onéreux, la liberté individuelle, le droit reconnu à chaque français de publier ses opinions, la liberté des cultes : voilà le texte sacré de la Charte ; voilà sur quoi se fonde désormais notre bonheur : il est appuyé sur des bases qui ne manqueront pas. Cette précieuse liberté qui est plus que la vie et qui peut seule en adoucir les maux, cette liberté qui est aussi nécessaire à l'homme que l'air qu'il respire, et sans laquelle tout ne serait qu'horreur et désolation, nous est solennellement garantie. La Charte entière ne se compose que des élémens de la liberté, ou pour mieux dire, c'est la liberté elle-même diversement modifiée. Libres selon la Charte, comme le veut la Charte, nous aurons autant de liberté qu'il en faut à l'homme : plus libres, nous serions esclaves.

Pour mieux apercevoir les avantages nombreux de notre constitution, entrons dans quelques détails.

Arrêtons-nous d'abord un moment sur le droit de publier ses opinions, si fortement consenti par la Charte. Tous les législateurs, tant anciens que modernes, sont d'accord sur ce point : qu'il n'y a point de liberté là où la pensée est esclave. En effet, si une lourde chaîne retient ma langue, si des entraves gênent ma plume, qu'opposerai-je à la force tyrannique ? La force ? Mais le souverain la réunit toute entière. Il peut donc m'écraser et m'écraser en silence. Les chambres, pourrait-on me dire, sont un sûr refuge pour l'innocent opprimé. Mais les chambres sont-elles constamment assemblées ? Et dans l'intervalle de leurs sessions, la force ne peut-elle triompher impunément ? Je dois donc trouver une arme toujours prête, non pour l'attaque, mais pour la défense dans la liberté de publier et de faire imprimer mes pensées, en me conformant aux lois établies pour réprimer les abus de cette liberté.

Loin de tout citoyen le coupable désir d'empoisonner cette arme et de la faire servir à sa vengeance personnelle ou à des projets contraires au bien public. N'oublions jamais que nous sommes français. Mais aussi que rien ne puisse nous priver d'un droit si beau, réclamé par notre sûreté et le salut de la Patrie.

Je vois un autre palladium de nos libertés dans cette disposition lumineuse, qui veut qu'à chaque règne la liste civile soit fixée par la première législature assemblée depuis l'avénement du Roi. Les chambres écartent les abus qui pourraient s'être glissés dans le gouvernement sous le dernier règne, et n'accordent la liste qu'après le consentement du nouveau Roi de renoncer à ces abus.

L'équilibre des trois pouvoirs, ce mécanisme sublime inconnu aux anciens et que les temps modernes ont amené à sa perfection, se trouve singulièrement ménagé dans la Charte. C'est un tout dont les parties sont bien distinctes et qui ne peuvent empiéter l'une sur l'autre.

Cependant, oserai-je censurer la disposition qui déclare le nombre des pairs illimité. Le pouvoir royal ne serait-il pas assez consolidé (dans ce qui touche à la chambre haute), par la nomination des pairs et le droit de les nommer à vie, ou de les rendre héréditaires ? Au reste, le temps et une longue expérience pourront apporter dans nos lois d'utiles changemens. La précipitation, qui renverse et n'édifie jamais, nous serait encore plus nuisible en ce moment.

Il nous semble que le nombre des députés n'est pas proportionné à la population, qui, suivant les derniers calculs, serait de 29 millions. On pourrait porter ce nombre à vingt-cinq par million, ce qui ferait un total de sept cent vingt-cinq. Nous dira-t-on que l'esprit de discorde s'introduira plus facilement dans une nombreuse assemblée ; que les factions pourront plus aisément en séduire les membres ? Mais on oublie sans doute que la masse des électeurs, citoyenne avant tout, n'aura choisi que des hommes citoyens. D'ailleurs, ces divisions qui ne sont pas toujours à craindre, existent-elles moins dans les petites assemblées ? C'est là, au contraire, que l'esprit de parti et l'ambition réunissent leurs efforts et se coalisent contre la vertu et le patriotisme. Les députés de départemens plus nombreux, mêleront, confondront leurs sentimens divers. De retour dans leurs foyers, semblables à ces ruisseaux qui portent la vie dans les champs du laboureur, ils répandront, ils sèmeront partout cette opinion de la douceur et des vues éclairées du gouvernement, en quoi, selon Montesquieu, consiste la félicité dans une monarchie.

Par les dispositions habilement combinées de la Charte, chaque français peut tour-à-tour, en suivant le cercle des révolutions de la fortune, concourir à la formation des lois, en choisissant ses députés ; et il ne devient électeur qu'à cet âge où, pour l'ordinaire, l'homme voit de plus près ses devoirs de citoyen.

Électeurs, que vos fonctions sont augustes et combien vos choix peuvent influer sur les destins de la France ! Écartez bien loin, bannissez de votre âme, plus encore que tout autre citoyen, ces souvenirs affligeans, ces réminiscenses cruelles qui nous ont fait tant de mal ! Que l'amour de la Patrie, d'une sage liberté, et l'affection pour le royal auteur de notre loi fondamentale, entrent seuls dans la balance qui emportera votre vote.

Les députés représentant la nation, c'est à eux que doivent s'adresser immédiatement toutes les propositions d'impôts. Il est bien juste que le peuple ait le droit d'examiner, de discuter les charges qui peseront particulièrement sur sa tête; et ses députés vivant avec lui, connaissant ses besoins et ses ressources, peuvent, mieux que la chambre des pairs, apprécier le mérite de la loi proposée. C'est donc sagement que la Charte a consacré ce principe.

Mais quelle garantie plus sûre de toutes nos libertés que l'obligation imposée au Roi, lorsqu'il a dissout la chambre des députés, d'en convoquer une nouvelle dans le délai de trois mois. Ainsi, une barrière insurmontable s'élève et défend les droits du peuple, si le Monarque essaye de les méconnaître. C'est en vain qu'il voudrait envahir la liberté publique; la loi, plus puissante que lui, le force à l'inaction.

La responsabilité des ministres ne laisse en partage au Roi qu'amour et reconnaissance. Tout le bien vient de lui, il est incapable pour le mal. On ne verra donc plus d'astucieux ministres abuser de la faiblesse du Souverain, ou trahir sa volonté, pour assouvir leurs passions; dicter, au nom du Roi, des ordres tyranniques, et dévorer impunément la substance des peuples. Un poids énorme pèse sur leurs têtes.

Sans doute que la puissance législative s'occupera incessamment à fixer, d'une manière irrévocable et sur des bases constitutionnelles, la responsabilité des premiers agens du pouvoir exécutif.

Parmi les changemens que nous devrons à l'expérience, on comptera peut-être celui de restreindre à la chambre des pairs le droit qu'ont les ministres d'être membres de l'une ou l'autre des deux chambres. On ne peut être chargé de deux mandats contraires. Les ministres, dont le devoir est de soutenir les droits de la couronne, pourront-ils en même temps défendre ceux du peuple? Les intérêts opposés de leurs mandataires se verraient trop souvent compromis.

La Charte a conservé l'institution des jurés : cette institution dont on n'apprécie pas assez le bienfait, et que rien ne peut remplacer. Oh! qu'il est beau de n'avoir pour juges que ceux qu'on choisirait soi-même; ceux que ni la crainte ni l'intérêt ne peuvent corrompre et qui apportent au tribunal un fonds inépuisable d'humanité. S'ils n'ont pas l'expérience que donne un travail continu, leur vue est claire et leur conscience pure.

Mais le législateur, en maintenant la procédure par jurés, a prévu qu'elle serait susceptible d'amélioration, aussi s'en explique-t-il hautement. Espérons donc que les chambres appliqueront aux délits de la presse cette précieuse innovation.

Enfin, pour donner à la nation une garantie de plus, une garantie essentiellement inviolable, le Roi jure, dans la solennité de son sacre, d'observer fidèlement la Charte constitutionnelle. Ainsi chaque règne deviendra pour les peuples un gage de bonheur, d'amour et de confiance réciproques. Ainsi notre loi fondamentale se perpétuera d'âge en âge et sera toujours également respectée, toujours également chérie. Et si les droits des sujets étaient un jour oubliés, les sujets en appelleraient à la foi du Roi.

Par cette analyse rapide de notre Charte, les français peuvent se convaincre que la forme de leur gouvernement est celle qui convient à des hommes nés pour être libres. Heureux nos petits-fils, ils recueilleront les fruits de nos longues douleurs. Nous, achevons notre ouvrage, maintenons de toutes nos forces cette sage constitution : qu'elle soit pour nous le cheveu de Nisus.

Mais si la forme de gouvernement rattache les peuples à la Patrie et au Souverain, un système de clémence, de bonté forte, les captive par des nœuds plus étroits. Après une longue révolution, les esprits aigris, continuellement inquiets, défians, ont besoin de se reposer sur des exemples de douceur et de généreuse confiance. La confiance est le sceau d'une âme grande. Elle subjugue les cœurs les plus ulcérés, les plus fanatiquement haineux. Quel est l'homme assez barbare pour ne pas fléchir devant un sentiment si noble ?

C'est encore plus par les bienfaits que par la force, qu'Henri IV, ce modèle des Rois, conquît son royaume. Sa vie est pleine de traits sublimes qui feront toujours battre les cœurs français, d'amour et de vénération. Un ligueur résistait cependant à tant de bonté; il continuait de haïr le Roi. La foule des courtisans, dont l'existence est de nuire, excitait ce grand homme à punir le ligueur. « Je lui ferai tant » de bien, répondit Henri, qu'il sera forcé de m'ai- » mer. » Paroles où l'âme du loyal béarnais se peint toute entière.

Qu'on ne dise pas que cette bonté est faiblesse dans un Souverain, surtout après une longue révolution où les rênes du gouvernement doivent être tenues d'une main ferme. Sans doute, il faut qu'un Prince règne avec énergie, et tout en respectant les libertés du peuple, maintienne les droits du trône. Mais est-ce faiblesse de pardonner lorsqu'il n'y a nul intérêt à punir; lorsqu'il est clairement démontré qu'un acte de clémence ramènera des esprits que la rigueur éloignerait, et qu'il n'en résultera aucun danger pour l'état.

Je sais qu'un Roi faible est quelquefois pire qu'un tyran: car, à moins que d'être un autre Claude, le tyran sentira qu'il est de sa politique de ne pas pousser les cœurs à bout; il ne violera pas les lois ouvertement, il n'en soulevera le voile qu'à demi; l'état jouira d'une morne tranquillité, et le chef se maintiendra non par l'amour et la confiance, mais par la crainte; tandis que le Roi faible, sans principes ou les appliquant mal, vacillant à chaque pas dans sa marche incertaine, se laissera entraîner par le mouvement que d'habiles ambitieux auront su lui donner. Mais un Roi sage connaît aisément où sa clémence doit s'arrêter. Il consulte son cœur, sans le suivre en aveugle; et il ne se met jamais dans l'impuissance de punir.

Un tel Prince sera persuadé que dans un temps d'orages, trop de rigueur deviendrait dangereuse. Il fermera quelquefois les yeux. Il n'usera pas, dans son entière plénitude, du droit qui lui est accordé d'employer des mesures extraordinaires; et si la puissance législative oubliait ces principes, son véto la forcerait à les suivre.

Une maxime d'état que Sully avait souvent à la bouche, est « qu'un royaume ne doit être conduit » que par des règles générales; les exceptions seules » engendrent la plainte et le mécontentement. » Il n'est que deux cas où les lois d'exception trouvent leur place : c'est lorsque la paix intérieure est troublée sur tous les points du royaume, et lorsque l'indépendance nationale est menacée. Alors des mesures promptes, vigoureuses, peuvent seules remédier au mal. En ne suivant que le cours ordinaire, on se perdrait infailliblement.

D'après les règles de douceur que nous établissons, de simples paroles, la manifestation d'une opinion particulière, des menaces stériles, ne seraient que l'objet, tout au plus, du mépris et jamais de la sévérité des lois. On laisserait le citoyen penser tout à son aise et vivre à sa manière, pourvu qu'il ne troublât point la sécurité publique. On n'oublierait surtout jamais ce que fait observer l'auteur de l'esprit des lois : « Que ce qui se dit dans ces épan-

» chemens de cœur que la conversation produit entre » deux amis, ne peut être regardé que comme des » pensées. »

Cette inquisition de paroles est d'autant plus dangereuse, d'autant plus absurde, qu'elle ne peut s'appuyer que sur la délation qui rend les citoyens ennemis les uns des autres, par cela même qu'ils sont dans une perpétuelle défiance. Système inique fait pour des esclaves par de lâches tyrans, et que tout gouvernement constitutionnel doit avoir en horreur. Malheur au Prince qui voudrait régner par la crainte. Ah! que plutôt il s'applique à mériter l'amour de son peuple, amour essentiellement libre. Rien de si facile pour lui : un Roi n'a qu'à se laisser aimer. Un sourire, une légère preuve de confiance vont faire oublier à ses sujets des années de fatigues et de travaux opiniâtres. Voyez cette multitude énivrée du bonheur de revoir son Roi. L'allégresse est dans tous les cœurs, sur tous les visages; il n'est qu'un cri poussé par l'amour: « Voici le Roi! » Bon Henri, tu ne voulais point d'autre récompense de tes veilles et de tes sollicitudes paternelles.

Membres du gouvernement, agens du pouvoir, quels que vous soyez, imitez ce Monarque; connaissez le plaisir d'être aimé; forcez l'amour de vos concitoyens par une conduite franche et loyale, surtout en obéissant à cet ordre solennel, à cette volonté sublime : « Je veux l'union et l'oubli. » C'est à vous plus particulièrement que sont adressées ces royales paroles. Oubliez donc : la France vous imitera, et de cet oubli réparateur naîtra l'union qui doit nous sauver.

Qui de nous n'a pas des torts à se reprocher, des fautes à effacer ? Un torrent impétueux nous a tous entraînés, mais sur des plages opposées. Après avoir bien souffert, été long-temps captifs, nous nous sommes vus libres. Devons-nous accabler de notre haine ceux que la violence du torrent a emporté loin de nous ? Quelle absurdité ! Si nos fautes furent égales, notre gloire fut la même. Chaque parti compte ses héros, chaque étendard s'est illustré. Ouvrons enfin les yeux, et que la postérité ne nous accuse pas d'avoir méconnu nos titres de gloire. Il est temps d'écouter la raison, notre conscience, que dis-je ? notre intérêt : oui, notre intérêt. Que deviendrait une famille dont tous les membres nourrissant dans leurs cœurs, les uns pour les autres, la plus profonde haine, ne rêveraient que vengeance et se livreraient à toute l'amertume de leur fiel ? Plus de plaisirs pour elle, plus de ces doux épanchemens où le cœur trouve tant à gagner. Absorbée dans sa haine intérieure, cette malheureuse famille n'entendrait pas les menaces d'ennemis puissans ; et prise au dépourvu, elle tomberait sans défense sous leur hache homicide. Hélas ! qui ne nous reconnaîtrait à ce tableau ? Une seule voie de salut nous est ouverte : renonçons pour toujours à nos haines cruelles ; faisons à la Patrie, au Roi, un généreux sacrifice de nos ressentimens, de nos intérêts privés. Ne soyons plus que des frères.

Un gouvernement sage doit, dans le cas dont il s'agit ici, éviter toute dénomination injurieuse ou adulatrice, également absurdes : que le nom de français soit le seul en usage pour désigner un individu, celui-là en vaut bien d'autres. Il faut surtout qu'il s'applique à récompenser les services rendus à la Patrie, n'importe sous quels drapeaux. Ces preux, en volant à la mort, ne croyaient-ils pas mourir pour leur pays ? Qui pourrait leur faire un crime de leur gloire ?

Que les français ne se ressouviennent que des beaux traits, des actions héroïques qui ont honoré l'un et l'autre étendard ; qu'ils les gravent dans leur mémoire, qu'ils en jouissent avec orgueil. Ces faits ne leur sont point étrangers : ils leur appartiennent par droit de succession. Mais la prudence conseille de toucher légèrement les blessures profondes : évitons de rappeler ces noms qui furent parmi nous des sujets de discorde et de division. Ne parlons jamais de ces hommes qui furent la haine des uns, l'adoration des autres. S'ils ont été plus malheureux que coupables, plaignons-les : mais la postérité les vengera. S'ils ont trahi leurs devoirs, plaignons-les encore : nous sommes vengés par leur conscience. Un nom mille fois plus beau, un nom qui faisait palpiter les cœurs des spartiates et des romains, un nom qui seul jadis enfanta des prodiges, doit aujourd'hui concentrer toutes nos affections : celui de la Patrie. La Patrie ! nom de joie et de détresse. La gloire de mon pays, ses jours de bonheur, ses jours de deuil, ses victoires et ses infortunes se peignent en foule à mon imagination..... Compagne de Dunois, fière Amazone, quand sous les murs d'Orléans tu faisais trembler le léopard, était-ce l'ambition, une soif d'immortalité qui poussait ton bras? Non, un sentiment plus noble: l'amour de la Patrie. A cet amour, Charles VII dut sa couronne, les français leur délivrance. Magnanime d'Assas, quand un peloton d'ennemis voulut te forcer au silence, quel pouvoir irrésistible te fit braver la mort et crier : « A moi d'Auvergne! » L'amour de la Patrie.

Énorgueillis de pareils souvenirs, que l'adversité ne nous fasse point baisser la tête; portons-la toujours fière et haute. Si pour un moment elle a fléchi, ne doit-elle pas bientôt, par un mouvement naturel, se relever plus superbe que jamais?

Cet orgueil patriotique deviendra lui-même un nouveau moyen de salut? Ne pourrait-on rassembler, pour ainsi dire, concentrer sur un point la haine et l'horreur des français. Le descendant des gaulois ne souffre guères la dépendance; l'oppression révolte son âme. Il serait digne du gouvernement de s'emparer de ce ressort; qu'il le dirige et le fasse servir au bonheur général. Que, semblable au bouc des israélites, l'oppresseur, de quelque titre qu'il se décore, quelque nom qu'il emprunte, fût-il le plus sacré, soit chargé de malédictions; que sa tête soit couverte d'ignominie; qu'il emporte toutes les haines.

Le peuple désormais, dans une sécurité parfaite, aimera le sol que ses labeurs fécondent; aux momens du danger, le fer de la charrue deviendra dans ses mains une arme puissante.

Henri IV, qu'il faut toujours citer pour l'instruction des Princes, veut effacer les ravages d'une guerre désastreuse; il veut confondre tous les cœurs et tous les intérêts : Sully, digne ministre d'un tel Roi, lui montre les champs du laboureur, source de toute prospérité.

Trop long-temps un préjugé barbare a presqu'avili chez nous la plus utile profession. Qu'elle reprenne aujourd'hui son rang dans la société, qu'elle date sa noblesse de notre révolution, dont elle peut servir à cicatriser les plaies. Le fondateur de Rome « ne » permit que deux sortes d'exercices aux gens libres, » l'agriculture et la guerre (*). » On connaît ces hommes illustres qui déposaient sur leur charrue les lauriers de la victoire. Partout, dans tous les temps, le laboureur a été respecté, chéri. Que les français ne soient pas plus ingrats; qu'ils honorent, au moins, celui qui les nourrit.

Oui, que l'honneur, apanage du français, vienne s'allier chez les cultivateurs, au désir d'un légitime gain. Leur témoigner de l'estime, c'est s'acquitter envers eux d'une dette sacrée. Qui n'applaudit à la coutume patriarchale d'un vaste empire de l'Asie? Et chez les anciens perses, les Rois, à une époque

---

(*) Montesquieu.

déterminée, mangeaient avec les laboureurs ; ils ne croyaient point dégrader la pourpre royale.

Pourquoi n'essayerions-nous pas d'approcher de cette justice ? Le laboureur français est-il moins nécessaire à sa patrie que celui de la Chine ? On l'a dit cent fois et il est bon de le dire encore : sans l'agriculture, point de nation, point de liberté.

L'habitant des campagnes encouragé, apercevant un avenir tranquille, oubliera cette inquiétude dont il est tourmenté. Il apprendra à réunir dans son amour, et sa Patrie et son Roi. Il sera heureux, et son bonheur assurera le repos général.

Si les lettres et les sciences ont quelquefois hâté la corruption des mœurs, elles ont aussi rendu de grands services aux nations. Elles peuvent consolider un trône et calmer l'effervescence des peuples. Elles disposent à la paix les plus farouches courages. Que le gouvernement leur accorde donc sa protection ; qu'il récompense le talent, mais le talent utile à la Patrie. Qu'il engage à rentrer dans les rangs qu'ils n'auraient jamais dû quitter, le cultivateur ou l'artisan séduit par une folle vanité, à moins qu'à force de mérite ils ne se fassent pardonner leur désertion. Nous remarquerons qu'une institution vraiment française est celle de l'ordre de St.-Michel, tel qu'il a été rétabli par une ordonnance royale de 1816. Cet ordre est spécialement destiné à servir de récompense et d'encouragement aux français qui, dans les lettres, les sciences ou les arts, auront été utiles à l'état. Puisse une aussi sage pensée produire tout le bien qu'on doit en attendre ! C'était peut-être le seul moyen de rappeler à leur première origine, des hommes trop souvent frivoles, inutiles, disons plus, à charge aux sociétés. Cette institution peut figurer à côté d'une autre non moins belle, non moins utile dans l'objet qui nous occupe : la légion d'honneur. Institution sublime qui n'est de droit la récompense que des services réels rendus à l'état, soit dans la carrière militaire, soit dans les emplois civils ; institution qui, par une magnifique idée, regarde comme son fondateur et son père le brave et loyal Henri IV, et dont la devise fait palpiter un noble cœur. Espérant que notre voix, toute faible qu'elle est, ne sera point dédaignée, nous osons exprimer le vœu que la légion d'honneur soit exclusivement réservée aux nationaux. De sorte qu'en voyant cet insigne reposer sur un cœur, l'on puisse dire : « L'honneur français est là : voici le sceau de la » Patrie. »

Poursuivons. Chez tous les peuples du monde, l'éducation a toujours été un mobile puissant. Qu'on recherche la cause de la plupart des révolutions des empires, on trouvera qu'elles ont pris naissance dans l'éducation. Qui entretint dans Rome ce foyer de vertus austères, cet amour de la patrie et cette union qui la rendirent invincible ? L'éducation. Elle imita les perses qui, bien différens de nous, ne meublaient point de sciences, la tête de leurs enfans. Ils les formaient aux vertus, à la patience, au courage, à la modération. Ils leur apprenaient, en un mot, à devenir des hommes, des citoyens. Cyrus ne savait que souffrir sans se plaindre, affronter un danger, supporter la fatigue, la soif, compâtir aux misères de ses semblables, dompter ses passions. On lui avait surtout répété que sa vie entière, chaque battement de son cœur était pour le sol qui l'avait vu croître et qui le supportait. Il n'avait point appris, ce perse infatigable, à compter les étoiles, ou à disputer sur la doctrine de quelques oisifs. Les anciens connaissaient mieux le prix du temps. A Lacédémone, une seule étude était permise, celle de l'histoire : non pour en connaître les dates, mais pour juger les événemens et en chercher les causes; ni tant pour retenir un nom, que pour apprécier le mérite de celui qui l'avait porté.

Que dans les colléges royaux et toutes les écoles, l'histoire française soit la principale étude de la jeunesse. Dégageons-nous de l'ancienne routine. N'est-il pas absurde qu'un français connaisse l'histoire des égyptiens, des grecs ou des romains, mieux que celle de son pays ? Mais veut-on confondre tous les sentimens dans l'amour de la Patrie et du Roi ? Qu'on apprenne aux jeunes gens ce que nos ancêtres firent pour l'un et pour l'autre. Qu'ils lisent dans notre histoire les vertus des sujets, la reconnaissance des Rois; enfin, un échange perpétuel de services et de bienfaits. Ils aimeront bientôt ce qu'ils connaîtront mieux. Ah ! si la fière Sparte et l'ambitieuse Rome donnèrent à l'univers l'exemple des vertus et des talens, le sein de la France n'a pas été moins fécond. Ce Charles, que son siècle nomma grand et que la postérité a presque déifié, ce Charles, qui gouvernait le monde par ses capitulaires, porta le nom de Franc. La France vit naître le fier Rolland, type de la bravoure, Rolland qui apparaît à nos esprits étonnés comme un fantôme radieux. Et cette vierge célèbre, victime d'une nation féroce, n'était-elle pas française (*)? Les noms de Duguesclin, de Louis XII, du Béarnais, de Sully, de Turenne, de Condé, de Pascal, de Bossuet, de Fénélon, ne couvrent-ils pas de gloire les pages de nos annales? Qu'on vante moins les richesses de l'antiquité : et nous aussi nous avons nos héros. Lorsque dans les plaines sanglantes de la Flandre, un guerrier valeureux crie aux ennemis: « Le français ne se rend pas, il » meurt : » Quelle âme ne tressaille et ne se transporte aux beaux jours de la Grèce ou de Rome? Non, maîtres du monde, nous n'avons rien à vous envier. Soutenir notre gloire serait un fardeau bien lourd pour d'autres que des français.

Qu'à cet amour de la Patrie se joigne celui du Monarque dont les soins paternels ont mérité notre reconnaissance. Qu'on dise aux jeunes gens ce qu'il fit, ce qu'il eût voulu faire pour le bonheur des français. Que la Patrie et le Roi se mêlent dans leur esprit comme dans leur cœur, tant que la Patrie et le Roi seront eux-mêmes unis.

Qu'on leur répète sans cesse que l'union seule

(*) Jeanne d'Arc, immolée par les anglais.

peut faire notre force, et que sans la force une nation n'existe pas. Qu'on les préserve des erreurs désastreuses de leurs trop malheureux pères.

Les femmes aussi, source chérie de tant de biens, cause funeste de tant de maux, pourront opérer cette fusion, objet de nos veilles. Qui n'a éprouvé l'influence qu'elles ont sur nos esprits? Sachons la diriger: elle ne sera pas d'un médiocre avantage. Qu'on donne aux femmes une éducation nouvelle. Que dès le berceau leurs jeunes âmes apprennent à chérir les doux noms de paix et de concorde; qu'après celui d'une mère ils soient les premiers que leur langue répète. Que dans un âge plus mûr, on les entretienne quelquefois de cette Patrie à laquelle elles doivent tenir un jour, sinon par les liens politiques, du moins par ceux de la nature qui sont encore plus forts; de cette Patrie, dont elles ne connaissent que le nom et les coutumes vaines ou bisarres. Un livre élémentaire, rédigé avec zèle, clarté et méthode, me semblérait devoir remplir merveilleusement ce double but, indépendamment des leçons pratiques. Il serait facile de réunir un nombre de françaises illustrées par l'amour de leur pays et un esprit de conciliation. Ce livre deviendrait le manuel des jeunes élèves.

Vous qui tenez aux premiers anneaux de la chaîne politique et qui joignez à l'influence du rang celle de votre sexe, faites qu'on vous imite. Soyez les modèles d'un renouvellement heureux: le siècle vous chérira, nos fils jouiront de vos bienfaits. L'exemple qui vient de haut trouve toujours des imitateurs.

Un dernier moyen plus puissant peut-être que tous ceux que nous venons de parcourir, c'est la religion. Elle n'est pas inutile après une longue secousse où l'on ne voit dans l'état que défiance et querelles, cette religion dont le sublime fondateur voulut être appelé Prince de la paix ; cette religion qui nous crie : Pardonne.

Les anciens ont dit, les modernes ont répété que les mœurs étaient le fondement le plus inébranlable des états ; qu'un empire ne pouvait long-temps exister sans mœurs, si ce n'est asservi sous une domination barbare. Ces maximes n'ont pas besoin d'être prouvées, nos yeux ont vu. Mais où chercher une source plus pure des mœurs que dans la religion. « La religion, dit Montesquieu, est toujours le » meilleur garant que l'on puisse avoir des mœurs » des hommes. » Sans doute, ce grand homme a voulu parler de la religion chrétienne, car on connaît les infamies du paganisme, les absurdités du culte musulman. Heureux les chrétiens ! Quelle morale plus belle, plus touchante que celle de l'évangile !

Puisque nous considérons ici la religion dans ses plus beaux rapports, comme réparatrice des mœurs et amie des sentimens paisibles, nous exposerons avec franchise et sans vouloir fronder en aucune manière ses usages sacrés, une pensée qui nous est inspirée par l'amour du bien, et non par un désir de novation.

On convient que les mœurs sont la base d'un empire, et que là où elles ne sont point, il n'est que trouble et confusion. On sait que dans ce livre, écrit sous la dictée de l'Homme-Dieu, sont tracés d'une manière divine les devoirs prescrits par la nature et ceux établis par les sociétés. Pourquoi donc les ministres des autels, au lieu de s'attacher presque tous uniquement à l'explication (osons le dire), quelquefois dangereuse des dogmes, ne s'appliqueraient-ils pas à faire au peuple un développement clair et précis de la morale de l'évangile? Nous croyons que l'explication des dogmes est quelquefois utile; nous savons que de nos mystères même, comme d'une source précieuse, découle la plus pure morale. Mais le peuple n'est pas à portée d'entendre des raisonnemens suivis, des conséquences ingénieuses; il a besoin d'être frappé par des traits que la réflexion aiguise au lieu de les amortir. Nous ajoutons, par surabondance, que nous ne prétendons point nous ériger en critiques amers de nos coutumes religieuses; cette pensée est loin de notre âme. Nous ne rejetons pas non plus l'explication des dogmes dont nous reconnaissons l'utilité, seulement nous pensons qu'on devrait lui préférer (pour le peuple surtout), un développement clair et précis de la morale qu'enseignent les livres par excellence.

Autant la religion est nécessaire, surtout dans les circonstances actuelles, autant l'abus qu'on en ferait serait dangereux. « Mon royaume n'est pas de ce » monde », a dit J.-Ch., voulant ainsi, par une déclaration expresse, mettre un frein à l'ambition, au désir du pouvoir qui corrompraient un jour ses ministres. Cette loi sacrée peut seule maintenir l'union du sacerdoce et de l'empire : union qui n'est jamais l'effet que de leur séparation totale. Prêtres du Seigneur, contentez-vous de votre part. Régnez par la douceur, par la persuasion, vous aurez en nous des enfans soumis. Princes de la terre, que les ministres de la religion soient toujours devant vous les représentans d'un Dieu ; mais si vous êtes jaloux du bonheur de vos peuples, qu'ils n'ayent d'autre pouvoir que celui de la vertu. Le sacerdoce et l'empire dans la main d'un seul homme le mettraient au-dessus de toute loi.

Résumons-nous. Forme sage du gouvernement qui garantisse tous les droits du citoyen, qui veille également sur tous ; système de clémence autour duquel viennent se rallier toutes les opinions ; oubli mutuel des erreurs, arche sainte où doivent se réfugier les français, et sans plus différer ; haine à l'oppression, sentiment qui relève l'âme et détourne son inquiétude vers un noble but ; encouragement de l'agriculture, justice autant que politique ; amélioration de l'instruction publique, premier fondement du bonheur des nations, et dans ce temps surtout, instrument merveilleux pour parvenir à l'union ; l'influence des femmes, charme dont les effets bien dirigés assureront notre paix intérieure ; enfin la religion, mère tendre, aux pieds de laquelle nous oublierons et nos douleurs et nos haines, et même notre gloire ;

oui, notre gloire, si elle devait nuire à notre union : le monde ne l'oubliera pas. Tels sont les moyens que nous croyons les seuls efficaces pour confondre tous les cœurs dans l'amour de la Patrie et du Roi.

Puissent les français, jouissant d'une heureuse liberté sous un Roi sage, oublier leurs anciennes discordes, et concevoir enfin que des frères ne peuvent rester long-temps divisés ! Puissent-ils, recouvrant un commerce sûr et constant dans les travaux de l'agriculture et dans ceux de nos fabriques, dégagés de soucis et d'inquiétudes, consacrer toutes leurs veilles à former la génération future ! Puissent les femmes, les ministres des autels, qui se ressemblent et diffèrent entr'eux par tant de côtés, mettre aussi la main au grand œuvre de la pacification générale, et la France alors n'aura plus de vœux à former. Unis ainsi, quelle nation ne respecterait nos droits ? L'Europe entière n'oserait les attaquer.

Guelphes, Gibelins, partisans de la rose rouge, adhérens de la rose blanche, hommes égarés, venez réunir vos mains dans celles de la Patrie ; ralliez-vous autour de ce trône qu'elle couvre de son égide. Oubliez tout : le temps a tout emporté...... Il ne reste plus que la Patrie. Mais ne l'entendez-vous pas s'écrier, toute couverte de désolation :

« Français ! combien de temps encore voulez-vous » prolonger les douleurs de votre mère ? Répondez : » quel terme fixez-vous à votre barbarie ?... N'êtes- » vous pas las de retourner le poignard dans mon

» cœur ? Osez lever les yeux et voyez ce que vous » avez fait de moi...... Malheureux ! vous frémissez : » mon aspect vous épouvante ; j'étais la reine des » nations, et je suis leur esclave (1) ; un laurier m'om- » brageait, et des cyprès m'entourent. Des haillons » ont remplacé la pourpre dont j'étais ornée. Je ne » suis plus moi..... Enfans dénaturés ! voilà votre » reconnaissance ; mais jetez-vous dans mon sein, et » j'oublie tout, je vous pardonne. »

Compatriotes de toutes les classes, de tous les âges, de tous les sexes, notre mère a parlé. Nous ne repousserons pas son pardon ; nous ne refuserons pas d'oublier. Nous recevrons dans nos cœurs ces paroles sacrées du fils aîné de la Patrie : « Je » veux l'oubli, l'union » (2).

FIN.

(1) Il ne faut pas oublier que ce discours a été composé en 1817.

(2) Paroles du Roi souvent répétées, mais infructueusement jusqu'ici.

www.ingramcontent.com/pod-product-compliance
Ingram Content Group UK Ltd.
Pitfield, Milton Keynes, MK11 3LW, UK
UKHW020441220726
13923UKWH00005B/2259